Für meine Kinder
Maxi und Lara,
denen ich
so viele Lichtblicke verdanke

Herstellung: Books on Demand GmbH

ISBN 3-8311-4253-X


Gestaltung: Christian Zeller
Titelbild und andere: Edith Sprinzl
Fotos: Privatarchiv

Susanna Maria Zeller

Susanna Maria Zeller wurde 1971 in
Krems/Donau geboren und lebt
heute mit Mann und Kindern
in Lichtenau im Waldviertel.
Das geschriebene Wort hat
die Hobbyautorin
schon immer fasziniert.
Sie meint: „Meine Mutter erschafft mit
Farben die schönsten, ausdruckvollsten
Bilder.
Ich versuche, meine Gedanken und meine
Lebensbilder mit Worten festzuhalten.

SUSANNA MARIA ZELLER

# *Lichtblicke*

# Inhalt

# Fortsetzung Inhalt

## Heimkehr

Heimkehr ist eine Rückkehr,
Art der inneren Einkehr,
ständige Wiederkehr
von Menschen zu Menschen, die man liebt.


## Halt

Kennst Du sie,
die Angst vor der Dunkelheit?
Kennst Du sie,
die Angst, vor der kalten Hand,
die nach Dir greift?
Kennst Du sie,
die Streiche, die Dir die Phantasie
manchmal spielt?
Ich kannte sie, diese Angst,
ich haßte sie, diese Angst-
doch dann kamst Du:
jetzt bist Du bei mir, wenn es dunkel ist,
und oft streckst Du Deine
Hand nach mir aus,
aber sie ist nicht kalt,
sie ist zärtlich und warm.

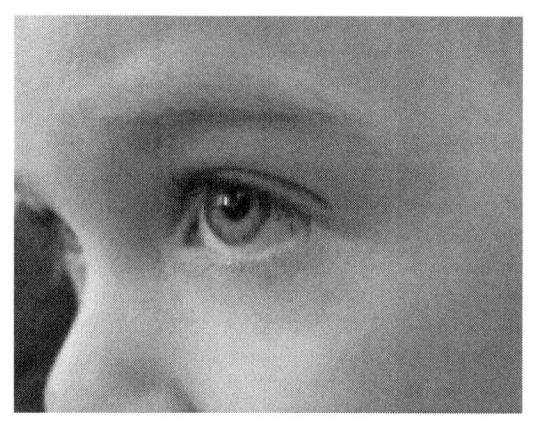

## Gedankenkraft

Kraft der Gedanken, allerstärkste Macht,
widersetzt sich den Gewalten,
sobald an sie gedacht.


## Regenbogen

„Regenbogen„ -  mit Deinen bunten Farben
hast du die düsteren Wolken vertrieben,
als der Stärkere bist Du zurückgeblieben
und hast uns die Gewitterstimmung
vergessen lassen.
Bald werden auch Deine Farben
wieder verblassen,
doch
das gute Gefühl bleibt,
wird uns nicht so schnell verlassen –
und dafür danken wir Dir,
Du Spielgefährte der Natur.

## Herausforderung

Wer das Schicksal herausfordert,
muß auch den Mut und die Kraft aufbringen,
die Herausforderungen anzunehmen,
die das Schicksal an einen stellt.

## Es wird wieder licht

Wenn der Mut mich verläßt,
und die Schleier der Angst
sich um mein Herz legen,
wenn meine Hände erkalten,
und die Furcht nach mir greift,
dann übermale ich
die dunklen Gedanken mit
bunten Lebensbildern,
übertöne die Mißklänge
mit fröhlichem Kinderlachen,
reibe mir die Hände, bis sie wieder
wohlig warm werden und
langsam geschieht es:
die Schleier der Angst
machen der Sonne in meinem Herzen Platz,
die Furcht ergreift die Flucht
und sieht ein, daß
die Kraft der Sonne die stärkere Macht ist.

## Erkenntnisse

Die Melodie des Windes –
kannst Du sie hören?
Reflektionen im Licht –
kannst Du sie sehen?
Hör genau zu, sieh genau hin-
bald wirst Du sie mitsummen, die Melodie,
bald wirst Du Bilder erkennen,
wirst vieles besser verstehen.


## Kraftspender

Manchmal kann das Alleinsein
ein Kraftspender sein-
Gelegenheit, seine Gedanken zu ordnen,
Energien zu finden,
neue Möglichkeiten aufzuspüren,
verworrene Fäden zu entwirren.

## Der kleine Klecks

Ein bunter Klecks im Grau in Grau,
bahnt sich seinen Weg.
Vermischt sich zu neuer Farbe,
wischt Alltagssorgen weg.
Er läßt ein farbenfrohes Bild entstehen,
kein Grau ist mehr zu sehen.
Völlig neue Pracht –
die Farbe ist zu neuem Leben erwacht.
Sie ist die neue Macht,
läßt das Bild in neuem Glanz erstrahlen,
hat die Düsternis übermalen,
hat sich durchgesetzt.
Kleiner, bunter Klecks,
Du bist der große Sieger zuletzt!

## Licht

Lichtstrahl, der die Finsternis durchdringt,
Du bist es, der die Sonne zurückbringt –
in unsere Herzen!

## Standhaftigkeit

Den Sinn im Leben sehen,
Zeichen zu deuten verstehen,
in die richtige Richtung gehen,
immer wieder neu aufstehen.
Niemals am Boden liegen bleiben,
dunkle Wolken vertreiben,
hilft, das Buch des Lebens mit
glücklichem Ausgang niederzuschreiben.


## Mut

Der Mut zum Unmöglichen wird oft belohnt
durch
den Erfolg der Wirklichkeit.


## Energie

Das Universum ist voll von Energie-
laß sie nicht ungenutzt, ergreife Sie!
Laß sie nicht schwerelos umherschwirren-
gib ihr an Gewicht, mach´ sie zur Kraft,
laß Dich nicht beirren!
Irgendwann wird sie ein Teil von Dir.

## Realität und Traum

Wenn Dich die Realität
aus Deinen Träumen reißt,
und Du Dich unsanft geweckt
in der Wirklichkeit wiederfindest,
kannst Du Dich entscheiden,
ob Du Deine Träume wahr werden läßt,
ihnen Raum im Leben gibst,
oder ob Du Sie weiterhin in Deine
Traumwelt drängst.

Lebe Deine Träume
und schaffe ihnen Platz in der Wirklichkeit,
lebe Dein Leben,
und laß Deine Wünsche und Hoffnungen
Realität werden!

## Kinder und Berge

Die Kinder können die Berge versetzen,
die für die Erwachsenen oft unüberwindbar
sind.

## Erlebnisse eines kleinen Mannes

Mami, ich habe Schneeflocken gefangen-
mit meinem Mund-
sie sind mir gleich auf der Zunge zergangen.
Mami, ich habe einen Schneemann gebaut-
mit bloßen Händen-
und jetzt kribbelt`s so auf der Haut.
Mami, ich habe Spuren im Schnee gezogen-
jetzt bin ich zu spät-
die Zeit ist nur so verflogen.
Mami, ich weiß,
Du hast Dir Sorgen gemacht-
aber ein Freund hat mich
nachhause gebracht.
Mami, ich habe mich so gefreut
aufs Nachhausekommen,
ich habe gewußt:
dort werde ich von Dir liebevoll in die Arme
genommen.

# Ihr

Wenn ich euch ansehe –
ganz bewußt dann und wann,
dann spüre ich, ich sehe das Leben,
wenn ich euch zuhöre –
ganz bewußt dann und wann,
hört sich soviel, was ich höre,
nach Weisheiten an,
habt ihr mir dadurch schon
soviel gelernt und gegeben.
Wenn ihr lacht,
geht ein Leuchten durch meine Welt,
welche Energie und Kraft entsteht,
wenn einer von euch den andern
an seinem Händchen hält!

Manchmal da habt ihr gewaltigen Streit,
seid uneinig und es scheint,
ihr habt euch entzweit-
doch bei euch ist das immer nur eine Frage
kurzer Zeit,
schon seid ihr wieder versöhnungsbereit.

Ihr umarmt euch und sagt zueinander:
Ich hab Dich lieb!
Wären Erwachsene wie ihr beiden Kinder,
gäbe es sicher mehr Frieden –
dafür
weniger Terror und auch weniger Krieg....

## Ratschlag

Schaust mit Deinen großen Augen
in die weite Welt,
greifst mit Deinen kleinen Fingern
nach der Hand, die man Dir entgegenhält,
Dein Mund, der formt die Worte nach,
die man vor Dir spricht,
die Beine wagen den ersten Schritt,
noch wackelig, ganz einfach ist das nicht.

Weißt nicht, was auf Dich zukommt,
weißt noch nicht, wohin Du gehst;
in der Welt ist's nicht immer einfach,
d´rum  lies´ bitte, was hier steht:
lern´ genau zu schauen, lerne zu vertrauen,
entwickle Deine Sicht,
für den Sinn der Worte,
die man Dir verspricht.
Steh´ fest auf beiden Beinen,
lern´ einen sicheren Schritt,
was immer Du auch sagen willst,
teil´ Dich jemandem mit.

Nimm erst einmal gelassen,
was Dir das Leben bringt,
hast Du Zweifel,
hör´ auf die Herzensstimme und
vertraue deinem Instinkt.

## Maximilian

Zwei strahlend blaue Augen,
schau`n mich lustig an,
der kleine Mund, der lächelt,
„schau Mami, was ich kann!"
Er klatscht in seine Hände,
der wonnig, kleine Mann,
sein Lachen tut viel besser,
als ich es je ersann.

## Respektiere die Kinder

Respektiere die Kinder, und hör´ Ihnen zu,
schau´ nicht auf sie hinunter, sei mit ihnen
auf
DU und DU!

Schenke ihnen Geduld und Zeit,
sei für ihre Wahrheit bereit,
Du kannst viel von ihnen lernen,
gehe nur offen auf sie zu!

Oft sind sie dann Deine Lehrer,
der Schüler bist Du!

## Mutter und Kind

Abhängig bist Du von meinen Launen-
Deinen Hunger kann nur ich stillen,
Deinen Durst nur ich löschen-
niemand lindert Deine Schmerzen
schneller als ich.
Du sagst zu mir „ Mutter„
und weißt Dich geborgen
in der Zeit,
die sich Kindheit nennt.

## Kinder

Auf wackeligen Beinen
wagst Du die ersten Schritte,
gehst auf das Leben zu,
stellst Fragen nur durch Blicke,
Dein Geist kommt kaum zur Ruh.
Mußt alles erst erlernen,
wirst, wenn Du es erst kannst,
Dich mal von uns entfernen,
und das macht mir Angst.
Ich hoffe, Du wirst wissen,
wo immer Du auch bist,
nachhause kannst Du kommen,
wann immer das auch ist.

## Von einer Mutter

Auf all Deinen Wegen, will ich Dir geben,
was Du suchst.
Auf all Deine Fragen, will ich Dir die
Antworten sagen, die Du erfrugst,
all Deine Rätsel will ich Dir lösen,
will Dich bewahren vor dem Bösen,
will alle Steine Dir aus dem Weg räumen,
all Deine Träume will ich mit dir träumen.

Ich will Dir eine Stütze sein, und ich
verspreche Dir,
ich lasse Dich nie allein.

## Maschine Mutter

Maschine Mutter –
hast zu funktionieren,
deine Wehwechen
mußt du selbst auskurieren,
deine Dienste wird
niemand mit Geld honorieren,
mußt dich meist selbst
zum Weitermachen motivieren.

Doch du weißt, wofür du es tust,
es sind die Menschen die du liebst,
die dich immer wieder animieren,
die aus dir, durch dich existieren.

## Wahrhaftigkeit

Keine Wahrheit ist reiner, als die,
die in Kinderaugen geschrieben steht,
kein Lachen ist so ansteckend,
wie das
aus Kindermund.
Keine Tränen sind echter, als die,
die über Kinderwangen kullern,
keine Liebe sollte stärker sein
als die,
einer Mutter zu ihrem Kind.

## Kindlicher Instinkt

Man sollte sich öfter auf die
Weisheit der Kinder verlassen:
sie haben die reinsten Gefühle,
die echtesten Empfindungen,
den klarsten Blick,
den unkompliziertesten Verstand.
Sie lassen sich leiten von ihrer Intuition und
dadurch handeln sie richtig-
im Gegensatz zu so manchem
Erwachsenen, der nur seinem gefühllosen
Denken folgt,
und dadurch schmerzliche Erfahrungen
sammelt und austeilt.


## Über´s Loslassen

Loslassen und Freiheit geben-
dabei die Hand schützend über Dich halten,
ohne Dich zu binden.
Das richtige Verhältnis schaffen, zwischen
Liebe und Verstand,
zwischen der Stimme des Herzens und dem
Ruf der Vernunft.

## Lara

Du warst ein kleiner Fixstern
in meiner Gedankenwelt,
„Inventar„
in meinem Luftschloß –
dann hast Du Form angenommen,
brauchtest Platz in meiner realen Welt,
Raum in meinem zuhause,
das auch Dein Heim geworden ist.

## Zusammenwachsen

Ich höre Kinderlachen und weiß,
Du bist einer von denen, der mitlacht;
ich sehe Freundschaften heranwachsen
und weiß,
Teile der Freundschaften gehören Dir,
werden von Dir gegeben.
Ich spüre Herzlichkeit
und bin sicher,
sie wird auch Dir weitervermittelt –
da ist Wärme,
die Dich niemals frieren lassen wird
und Leben, nach dem ihr alle greift,
das ihr in euch aufnehmt,
das ihr versprüht.

## Sonnenschein

Du bist meine persönliche Sonne,
machst jeden Tag strahlend und schön,
egal, wie das Wetter ist.

## Rad der Zeit

Manchmal
macht sich in meinem Herzen Wehmut breit,
dann fange ich an,
in Gedanken
das Rad der Zeit zurückzudrehen.
Ich schlage an wichtigen Weggabelungen
meines Lebenspfades
eine andere Richtung ein, als die,
die ich gewählt habe,
male mir aus,
wohin das geführt hätte,
und bin schlußendlich froh,
daß sich das Rad der Zeit
nur in Gedanken zurückdrehen läßt.

## Die Zeit

Die Zeit schreitet fort,
als hätte sie sich
Siebenmeilenstiefel übergezogen-
ich möchte sie manchmal bitten,
stehen zu bleiben,
einzelne Momente festhalten,
für immer darin verweilen,
aber es gelingt mir nicht.

Die Zeit macht niemals Halt –
mit jedem meiner Atemzüge eilt sie weiter;
doch es ist gut so –
bin ich doch gespannt
auf alles, was sie uns bringt.
Und
noch bevor ich dazukomme,
weiter darüber nachzudenken,
ist die Zeit schon weitergeeilt
und hat meinen Gedanken vorgegriffen.

## Nutze die Zeit

Wie kannst Du es wagen,
die Zeit totzuschlagen-
mit trüben Gedanken und Bitterkeit!
Viel zu kostbar ist das Leben dafür.
Darum wecke die Sonne in Dir und –
nutze die Zeit!!!

## Schicksal

Manche Menschen prügelt das Schicksal -
sie haben gar keine Wahl, als anzunehmen,
was es ihnen vorschreibt.
Andere haben das Glück,
daß ihnen
die Augen geöffnet werden,
sie plötzlich sehen können,
was sie vorher blind werden ließ,
und sie
bekommen die Kraft,
die Prügel des Schicksals
in Streicheleinheiten
zu verwandeln.


## Impuls

Manchmal glaubst Du,
die Welt bliebe stehen,
würde sich einfach nicht mehr weiterdrehen.
Doch dann kommt ein neuer Impuls,
eine Antwort, ein Licht -
übersieh´ das nicht!
Schau´ genau hin, und Du wirst sehen,
es gibt einen Weg, es wird weitergehen!

## Eingefangen

Glückliche Momente,
für die man sich die Ewigkeit wünscht,
sind im Nu Erinnerung,
aber wenn Du sie nicht verblassen läßt,
können sie immer wieder
ein Lächeln auf Deine Lippen
und
ein bißchen Wärme in Dein Herz zaubern.


## Das Leben und die Liebe

Das Leben ist das größte Abenteuer,
in das man sich stürzt,
die größte Herausforderung,
die es anzunehmen gilt
und
die Liebe die stärkste Macht,
die das Leben lebbar macht.

### Du

Es gibt Tage, an denen ich mich frage,
warum ich bin;
schau in  den Spiegel
und denke nach, über den Sinn.
Dann dreh´ ich mich um und
Du stehst hinter mir,
siehst mich an und ich weiß,
Du bist der Grund dafür.


### Stiefkind

Aus Rivalität ist Freundschaft geworden –
und Akzeptanz aus Intoleranz.
Aus Unverständnis ist Verstehen geworden
und Nähe aus Distanz.
Aus Eifersucht ist Annahme geworden
und Reife aus kindlicher Unwissenheit.
Ich habe eine Zwischenziel auf dem
Lebenspfad erreicht –
das zum Erwachsenen – vom Kind.

## Wahre Freundschaft

Ich möchte Dein Freund sein,
ohne „wenn„ und „aber„.
Ich möchte für Dich da sein –
ohne Hintergedanken,
zu Dir ehrlich sein –
ohne Schamgefühl,
vor Dir „Ich„ sein –
ohne  mich zu verstellen,
Deinen Blick erwidern können,
wenn Du mich ansiehst -
mit Dir vereint sein –
ohne Dich zu berühren.


## Mitgefühl

Ich sehe aus meinem Fenster und schaue in
den Lichtschein,
der aus dem Fenster vis-à-vis strahlt.
Ich sehe das Flackern von Flammen
und erkenne,
Du hast Feuer gemacht - im Kamin.
Ich hoffe,
daß nicht nur das Feuer Dich wärmt,
sondern auch die,
die Dich umgeben.

## Freunde

Es ist wirklich schwer,
echte Freund zu finden,
kaum einer macht sich mehr die Mühe,
die Seelengänge des anderen
wirklich zu ergründen.
Darum sollte man die Freunde,
die man hat, auch wirklich schätzen,
und sie nicht durch Unachtsamkeiten
verletzen.

## Für einen Freund

Das Schöne daran, daß ich Dich kenne,
ist zu wissen,
Du kannst mich verstehen,
auch wenn wir verschiedene Wege gehen.
Uns trennen Jahre
und doch stehen wir uns nahe,
es ist ein gemeinsamer Geist,
der uns verbindet,
ein unsichtbares Band,
das nicht mehr so leicht verschwindet.
Bei Dir muß ich nichts sagen,
und Du stellst keine Fragen,
Es tut gut, und es macht mir Mut,
daß es Menschen gibt,
die mich nehmen,
einfach so, wie ich bin -
ich denke, das gibt dem Wort „Freundschaft„
erst so seinen Sinn.

Sich vor Freunden zu verstellen und zu
verstecken das wahre Ich –
das wäre dumm, völlig sinnlos,
fast lächerlich.
Es genügt, einen Freund nur
beim Namen zu nennen,
und er kann erkennen,
wie es Dir geht,
weil es für ihn
in Deinen Augen geschrieben steht.

## Mein Stern

Ganz oben – dort, am Firmament,
blinkt ein heller Stern.
Mir ist´s, als blinzelt er mir zu,
macht Mut mir von der Fern!
Er leuchtet heute nur für mich,
ist ein Zeichen aus einer anderen Welt –
ein Licht, das meine Nacht erhellt!

Leuchtender Freund am Himmelszelt –
Ich danke Dir für Dein Strahlen!
Du zeigtest mir, Du bist für mich da-
Bist fern und doch so nahe!

## Echte Freundschaft

Eine echte Freundschaft
überwindet Grenzen,
durchbricht Blockaden,
akzeptiert und ist doch ehrlich.
Verleumdet nicht, fügt keinen Schaden zu-
wird niemandem gefährlich.

Läßt Fehler zu, gesteht sie ein,
denn das ist unentbehrlich-
nur so lernt der Mensch dazu,
die Freundschaft die schlägt Wurzeln,
sie wächst weiter und nimmt zu,
ist von Grund auf ehrlich.

Wenn an Fehlern eine Freundschaft bricht,
verdient sie den Namen Freundschaft nicht,
hat sie verfehlt das Ziel.

Du verlierst am falschen Freund nicht viel,
doch bewahre Dir den echten –
hör auf die Stimme,
die aus dem Herzen kommt,
sie hilft Dir zu unterscheiden zwischen-
dem Guten und dem Schlechten!!!

## Vereint

Wenn aus dem „Ich„ und „Du„
ein „Wir„ wird,
und aus dem „Mein„ und „Dein„
ein „Uns„,
dann ist aus „Einsam„ „Gemeinsam„
geworden,
und man geht vereint ein Stück des
Lebensweges.
Solange man den Weg
Hand in Hand beschreitet,
sind die vielen Weggabelungen, Biegungen
und Abzweigungen,
die Steigungen und Talstationen
keine Hindernisse,
sondern Meilensteine und Wegbereiter.


## Weggefährtin Mutter

Ich danke Dir, für die vielen Samenkörner,
die Du auf meinen Lebensweg
gestreut hast.
Es sind nicht immer alle Samen gleich
aufgegangen,
aber im Laufe der Zeit
sind viele zu
Schicksalsblüten erblüht.
Ich trage viele Schicksalsblüten in mir,
dank Dir, ist
ein sehr bunter Strauß daraus geworden.

## Heimat

Ich sehe aus dem Fenster und
ich sehe ein Schloß,
wo mir noch vor Wochen ein Betonbunker
die Aussicht verdroß.
Ich atme tief durch und es durchströmt mich
saubere Luft,
wie ein Parfum von Waldesduft.
Eine Stimme hör ich, die mir zuruft:
„Du bist willkommen!„
und
dabei habe ich das Gefühl,
als würde ich gerade innig von
jemandem der mich liebt,
in die Arme genommen.


## Gemeinsamkeit

Gemeinsamkeit ist Vereinbarkeit,
entrinnen aus der Einsamkeit,
sich finden in der Verfügbarkeit,
Annahme voller Dankbarkeit.

## Beziehungskisten

Beziehungskisten voller Erinnerungen-
schöne Momente, kleine Verwundungen,
verheilte Narben,
Hoffnungen zu Grabe getragen.
Kiste verschlossen, zugeklebt,
kurz am Boden zerstört,
dann wieder aufgelebt -
weil nach jedem Ende
ein neuer Anfang steht

## Oft ist weniger mehr

Die Realität holt Dich oft ein -
mit einer Intensität, die schmerzt.
Dadurch wird oft zur Banalität, wovon Du
dachtest, es hätte Priorität.
Du wägst ab die Qualität gegen die
Quantität -
und oft wird dann weniger mehr.

### Umwege

Manche müssen erst sterben, um zu leben,
manch´ Einem muß man erst nehmen,
damit er lernt, zu geben.
Manche müssen erst weinen,
um wieder zu lachen,
manches muß man erst teilen,
um es wieder ganz zu machen.


### Reifeprozeß

Wenn der Geist reif ist,
ist die Seele erwachsen geworden,
werden die Augen geöffnet,
Du kannst klarer sehen.
Wenn Du bereit bist, zu lernen –
mußt Du dabei auch qualvolle Wege gehen,
wirst Du, am Ziel angelangt,
vieles besser verstehen.


### Zu sich finden

In sich gehen,
versuchen, sich einzugestehen,
was richtig ist, und was falsch.
Versuchen, zu reifen,
dadurch zu begreifen,
daß alles Sinn hat,
lernen,
die Hintergründe zu sehen.

## Erfolg

Man muß oft erst als verrückt gelten,
damit man,
wenn sich der Erfolg eingestellt hat,
als klug, bahnbrechend und weise gilt.

## Intuition

Der Stimme des Herzens folgen –
oft wider jeder Vernunft,
durch die Intuition handeln,
sich von der Kraft des Geistes leiten lassen,
wider dem Gesetz der Wissenschaft.
Oft ist der Weg, auf dem man
die Pfade der Vernunft verläßt,
und in die Straßen des Herzens einbiegt,
der richtige,
weil er der
ehrlichere, geradlinigste und daher der
zielführendste ist.

## Der Sinn des Lebens

Vergeude nicht Deine Zeit mit der Suche
nach dem Sinn des Lebens,
Du lebst und existierst,
es macht Sinn genug,
diese Aufgabe zu meistern.

## Antriebsmotor

Wenn die Tage grau sind,
machst Du sie bunt,
wenn das Leben leer ist, füllst Du es aus,
wenn die Tränen fließen, trocknest Du sie,
wenn mich friert,
erfüllst Du mich mit Wärme,
wenn der Haß sich breit macht,
vertreibst Du ihn mit Liebe-
Du bist der Antriebsmotor für meine
schönen Gefühle.

## Sich sammeln

Eins werden mit der Stille, in sich gehen,
Platz machen, für die Gefühle, klarer sehen.
Allein, aber nicht einsam sein,
Kräfte sammeln und dann wieder
vereinbar zum Gemeinsamsein.

## Machtkampf mit der Angst

Die undefinierte Angst raubt Dir fast
den Atem-
gib´ der Angst einen Namen und dann
kannst Du tief durchatmen,
bekommst die nötige Luft,
um dagegen anzukämpfen.

## Schau nach vorn

Sich neu orientieren, spüren,
wann die Zeit reif ist dafür-
Laß` den Kummer und das Leid hinter dir-
schau nach vorn!
Das Gestern ist Vergangenheit,
das Heute wirst Du bewältigen,
das Morgen wird Dich bestätigen!

## Ende und Anfang

Ein Ende gesetzt, einen Anfang gemacht,
eine Glut gelöscht,
ein neues Feuer entfacht,
eine Tür zugeknallt,
eine andere sanft geöffnet,
die Dunkelheit überwunden,
wieder ans Licht zurückgefunden.

## Ewigkeit

Blicken, die sich treffen,
folgen bald viele Versprechen,
von Liebe für die Ewigkeit.
Doch was ist Liebe für die Ewigkeit?
Ein dehnbarer Begriff von Zeit
für tiefgehende Verbundenheit.

## Sinnsuche im Erfahrungsschatz

Keine Erfahrung, scheint sie Dir auch noch
so schmerzhaft, noch so nutzlos,
machst Du ohne tieferen Sinn.
Oft ist der Sinn versteckt,
aber hast Du ihn erst entdeckt,
wirst Du die Lehre
aus der Erfahrung ziehen.
Du darfst nur niemals aufhören,
Dich zu bemühen,
den Dingen auf den Grund zu gehen.


## Mach´s Dir nicht zu einfach

Oft ist es einfacher,
im Selbstmitleid zu zerfließen,
als die Glücksmomente zu genießen;
leichter, im Tränenmeer,
gewachsen durch den eigenen Schmerz,
zu baden,
als auch nur
eine Träne des Glücks zu vergießen.
Warum ist es für uns oft leichter,
uns am Kummer zu laben,
als uns an der Freude zu stärken?
Vielleicht, weil wir immer erst merken,
wie gut es uns eigentlich geht,
wenn
etwas Schreckliches passiert,
etwas Selbstverständliches zu Ende geht,
darauf „Verloren„ steht.

### Sie

Vergilbte Fotografien,
kaum noch zu entziffernde
Zeitungsausschnitte und
getrocknete Blumen,
die langsam zu Staub zerfallen.

Sie sitzt davor,
hält die Zeitzeugen in ihrer Hand,
und durchlebt die Zeiten wieder,
die unwiederbringlich sind.

Sie spürt die Liebe wieder,
die ihr Herz durchflutet hat,
eine Träne rollt über ihre Wange,
wenn sie in alten, vernarbten Wunden wühlt.
Sie erinnert sich an Freude und Schmerz,
wird eins mit der Vergangenheit.

Eine warme Hand legt sich mitfühlend auf
Ihre Schulter,
sie kehrt wieder zurück von
ihrer Reise in die Vergangenheit.
Sie schiebt die Wehmut beiseite und
lächelt der Gegenwart zu,
mit der sie doch so gerne noch
ein paar Geschichten für die
Zukunft schreiben möchte,
ehe die Ewigkeit sie einholt.

## Der Herbst

Ein grauer, naßkalter und
nebelverhangener Herbsttag
hätte mit beinahe die Stimmung verdorben,
weil ich nur Düsternis sah;
doch dann schärften sich meine Sinne und
mein Blick,
die Nebelschwaden zogen sich zurück -
ganz langsam, Stück für Stück.

Seither habe ich den Herbst
zu achten gelernt,
denn er hat mir gezeigt,
wie vielfältig und bunt
das Leben in Herbststimmung sein kann:
das Treiben der bunt verfärbten Blätter
mit denen der Wind spielt,
das fahle Licht, das immer stärker wird,
wenn die Nebelschwaden sich heben,
die rosige Farbe, die Deine Wangen färbt,
nach einem Herbstspaziergang...

Kein Herbsttag,
der auf den ersten Blick grau erscheint,
kann seither mehr meine Stimmung trüben –
denn der Herbst hat mir beigebracht,
die Hintergründe zu sehen,
durch den Nebel ins Licht zu gehen,
ich habe gelernt, den Herbst zu lieben.

## Über das Blenden

Wir lassen uns so oft blenden
von Äußerlichkeiten und dem,
was Menschen vorgeben zu sein,
Ein Urteil über andere ist so schnell gefällt,
doch das ist so
engstirnig, kurzsichtig und klein.

Oft würde nur ein zweiter Blick genügen,
vieles würde sich dann anders fügen –
man müsste für die
Oberflächlichkeit selbst sich rügen!

Die Blender sind hinter ihrer Fassade oft so
unscheinbar und leer,
die Unscheinbaren haben meist
ein inneres Leuchten,
und dadurch geben sie viel mehr.


## Abstand

Aus der Ferne, mit der nötigen Distanz,
gelingt es mir oft,
die Dinge besser zu überblicken,
manches ins rechte Licht zu rücken,
besser zu verstehen,
manchmal mit anderen Augen zu sehen.

## Standpunkt

Manche, die meinen,
sie seien die Größten und können
von ihrem Standpunkt aus
alles überblicken,
sind in Wirklichkeit kurzsichtig und klein.
Erst, wenn sie das erkannt haben,
werden sie beginnen, zu wachsen
und klar zu sehen.


## Für jemand ganz besonderen

Jetzt möchte ich es Dir sagen,
heute, und nicht erst in ein paar Tagen.

Du musst es wissen:
auch, wenn ich hoffe, daß Du ewig lebst,
ich beginne Dich heute schon zu vermissen!

Wenn es nach Deinem Willen und dem
natürlichen Lauf des Lebens geht,
bin ich es,
die einmal an Deinem Grabe steht;
dann möchte ich nicht, daß
mir im Kopf herumgeht-
ich hab´s dir nicht gesagt!

Jetzt möchte ich es Dir sagen,
heute, wenn Du es spürst,
und mir gegenüberstehst:
ich hab` Dich lieb!!!

## Die Schnecke

Unbekannte Geräusche hatten
ihre Neugierde geweckt-
darum hat sie
all ihren Mut zusammengenommen,
und vorsichtig ihre Fühler ausgestreckt....

Doch dann hat der Lärm sie doch allzu sehr
erschreckt und:
ehe man sich´s versah,
hat sie wieder in ihrem
Schneckenhaus gesteckt.

Vielleicht schafft es ja einmal einer,
sie wieder herauszulocken,
damit er mit ihr gemeinsam dann
die Welt entdeckt....